L'espionne

Marie-Aude Murail est née d'un père poète et d'une mère journaliste. Sur les quatre enfants de la famille, trois sont écrivains et l'aîné musicien. Marie-Aude Murail écrit pour les adultes et pour les jeunes. Ses ouvrages ont été publiés chez Bayard Éditions, Nathan, Gallimard, Le Seuil et L'École des Loisirs.

Du même auteur dans Bayard Poche :
L'oncle Gorgio - Le visiteur de minuit - Les secrets du Docteur Magicus - L'or des mages - Noël à tous les étages - Graine de monstre - La série L'espionne (J'aime lire)

Frédéric Joos est né en 1953 à Alger. Il a appris le dessin en autodidacte et illustre aujourd'hui des magazines chez Bayard Presse et des livres aux éditions Milan, Gallimard Jeunesse et Nathan.

Du même illustrateur dans Bayard Poche :
Bouboul Maboul - La maîtresse est amoureuse - La série L'espionne - La confiture de leçons (J'aime lire)

Deuxième édition

Dépôt légal : avril 2003
Loi du 16 juillet 1949 sur les publications destinées à la jeunesse.

L'espionne

Une histoire écrite par Marie-Aude Murail
illustrée par Frédéric Joos

J'AIME LIRE

BAYARD POCHE

1
007 en famille

Ce mardi-là, je suis rentrée à la maison désespérée. J'avais eu 2 sur 10 en conjugaison. Pourtant, j'avais tout bien trouvé le passé composé des verbes : « nous avons allés, j'ai tombé ». Mais madame Maillard a écrit sur ma feuille : « C'est à revoir ! » Elle n'est jamais contente, cette maîtresse !

J'ai posé ma feuille de conjugaison sur mon bureau. Le plus ennuyeux, c'est que madame Maillard veut que les parents signent les contrôles. Papa allait encore faire des histoires parce que je regarde trop Fantômette à la télévision au lieu d'apprendre mes leçons. Et si j'imitais la signature de maman ?

J'ai entendu claquer la porte d'entrée. J'ai cru que c'était maman. Hop, j'ai caché ma feuille de contrôle dans ma bande dessinée de Boule et Bill. Tout de suite après, j'ai réfléchi que ça ne pouvait pas être maman. Il était trop tôt. Ce n’était pas non plus ma sœur. Je l’entendais rire avec sa copine de l’autre côté de mon mur. Alors, par déduction, je me suis dit que c’était mon frère aîné. Je connais le mot de « déduction » parce que, comme métier plus tard, je veux faire espionne. Mon frère m’appelle 007, comme James Bond.

Je m'entraîne souvent à espionner. Ce mardi, je suis ressortie de ma chambre sur la pointe des pieds pour aller espionner ma sœur. Elle a treize ans. Elle s'appelle Alizée, mais mon frère l'appelle Boubouillasse. Souvent, Boubouillasse parle des garçons de sa classe avec sa copine. C'est très, très intéressant.

Le couloir était tout noir. Mais je m'entraîne aussi à marcher dans le noir. Les espions se retrouvent souvent dans des caves ou des tunnels. Malheureusement, ma sœur avait laissé traîner son sac à dos devant sa chambre. Je me suis pris les pieds dedans. Je suis tombée sur la porte et je l'ai ouverte sans le faire exprès.

Ma sœur était assise en tailleur avec sa copine. Elle s'est levée d'un bond en criant :

– Qu'est-ce que tu fais là ? Tu arrêtes d'espionner !

Elle s'est retournée pour cacher ce qu'elle avait dans la main. Mais j'ai un œil bionique. J'ai vu que c'était une cigarette.

– Tu as peur de ta sœur ? s'est moquée sa copine.

Elle avait aussi une cigarette à la main. Elle a envoyé la fumée en l'air pour faire sa belle, et elle a dit :

– Moi, mes parents sont au courant.

–Moi, si mon père le sait, il m'assassine, a répondu Boubouillasse.

Elle a agité la main devant elle comme si elle voulait me claquer :

–Alors, toi, hein ? Tu la fermes !

J'ai dit :

–Je ne dénonce jamais.

C'est vrai. J'espionne, mais je garde pour moi. D'ailleurs, tous les espions font comme ça.

Je suis ressortie de la chambre de ma sœur. Dans le couloir, j'ai entendu la musique de samba que Noël écoute tout le temps. Mon frère s'appelle Noël, comme la fête. Il est complètement fou. Et, en plus, il a dix-neuf ans. Et, en plus, il est beau.

J'allais retourner dans ma chambre quand j'ai entendu un rire qui venait de chez Noël. Un rire très, très intéressant. J'ai posé mon oreille contre la porte comme fait le docteur pour ausculter. Mais ce n'était pas mon jour de chance pour l'espionnage. Mon frère avait mal refermé sa porte, et elle s'est entrouverte dès que je l'ai touchée. Noël était avec une fille que je ne connaissais pas, et il l'embrassait comme à la télé. Quand il m'a vue, il s'est écarté de la fille :

– 007 ! Tu fiches le camp !

Il m'a refermé la porte au nez. Très, très intéressant, le métier d'espion.

2
Boubouillasse en danger

Le jeudi suivant, j'ai appris une nouvelle terrible pour ma sœur. Elle était en danger. C'est la dame de la Prévention qui est venue dans notre classe nous parler du danger.

– Vous êtes en CM1, et vous n'avez sans doute jamais touché à une cigarette. Je vais donc vous expliquer pourquoi vous avez tout intérêt à ne jamais essayer de fumer.

Elle a fait une expérience très, très intéressante avec une poire qui aspire la fumée d'une cigarette. Après, la poire recrache la fumée dans un coton, et le coton devient tout noir !

– Voilà à quoi ressemblent les poumons d'un fumeur, a dit la dame de la Prévention en nous montrant le coton dégoûtant.

Tout le monde a fait : « Ouahhh ! » et, moi, j'ai pensé aux poumons de Boubouillasse. J'ai levé la main.

– Oui, Romarine ? a fait la maîtresse. Tu veux savoir ?

Madame Maillard m'appelle par mon vrai nom, Romarine. J'ai demandé :

– C'est pour savoir si on peut encore respirer avec des poumons tout noirs, ou si on est mort ?

La dame de la Prévention m'a expliqué qu'on pouvait avoir plein de maladies avec la cigarette, des angines de la poitrine et des cancers

du poumon. La vraie catastrophe, quoi. Ce qui m'a achevée, c'est quand elle a dit :

– Plus on commence à fumer jeune, plus on est menacé. Tu connais peut-être des jeunes qui fument autour de toi ?

Elle essayait de me faire parler. Elle ne savait pas que je m'entraîne au métier d'espion. J'ai dit : « Non, non » d'un ton très naturel.

Quand je suis entrée dans le salon de ma maison, j'avais la tête toute pleine des explications sur la cigarette. Et là, horreur ! j'ai vu ma sœur, assise sur la moquette avec sa copine, et qui fumait en regardant la télé. J'ai crié :

– Mais tu es folle ou quoi ?

– Oh, arrête, a fait Boubouillasse. Je vais aérer après. Papa ne s'apercevra de rien.

– Mais c'est pas ça ! Ça donne le cancer, de fumer !

La copine de ma sœur s'est mise à ricaner. J'étais folle furieuse.

– Mais si, c'est vrai ! C'est la dame de la Prévention qui l'a dit à l'école !

Comme l'autre idiote rigolait toujours, je me suis jetée sur ma sœur pour lui enlever sa cigarette. Boubouillasse est tombée à la renverse. Et là, re-horreur ! sa cigarette a roulé par terre. Elle a fait un mégatrou sur la moquette beige toute neuve ! On est restées toutes les trois immobiles et la bouche ouverte.

–Quel bon génie vous a changées en statues de sel ? a dit une voix dans notre dos.

C'était Noël. Ma sœur s'est mise à répéter : « Qu'est-ce qu'on va dire ? Qu'est-ce qu'on va dire ? » comme un perroquet zinzin.

Noël a examiné le mégatrou à côté du canapé, puis il a décidé :

–On va mettre un des fauteuils pour cacher le trou.

–Super ! ont crié les deux filles.

On a déplacé le fauteuil. Il n'y avait plus qu'un petit problème : le fauteuil était collé au canapé.

– On va pousser le canapé, a proposé mon frère.

– OK, ont fait les deux filles, un peu moins contentes.

Mais là, du coup, il y avait un autre petit problème : le canapé n'était plus en face de la télévision. Donc on a poussé le meuble de la télé, mais on a dû aussi reculer la lampe qui était à côté. J'ai remarqué :

–La lampe est trop près de la table, maintenant.

Donc, on a poussé la table, mais une des chaises s'est retrouvée dans le couloir. Les filles étaient catastrophées, et Noël était mort de rire. Moi, je ne savais plus si c'était drôle ou si c'était affreux.

–Je vais mettre la chaise dans ma chambre, a dit Noël. Depuis dix minutes, j'ai besoin d'une autre chaise.

Le soir, papa a eu l'air surpris en regardant autour de lui.

– Mais qu'est-ce que c'est, tout ce chambard ?

Maman n'était pas au courant. Elle a regardé aussi autour d'elle. Ma sœur était toute rouge.

– Ah oui, a fait Noël, je ne vous ai pas dit ? Je veux être architecte d'intérieur. Je vais déménager tout l'appartement pour m'entraîner.

Papa a regardé maman :

– Il est fou ?

– C'est ton fils, mon chéri, a dit maman.

3
007 passe à l'action

Le lendemain, j'avais deux soucis graves. Le premier, c'était Boubouillasse. D'un côté, je ne pouvais pas la dénoncer à papa parce que ce n'est pas prévu dans le métier d'espion. D'un autre côté, je devais l'empêcher de se faire des poumons tout noirs.

Comme autre souci grave, j'avais mon contrôle de conjugaison qui avait disparu. Si je ne le rapportais pas lundi à la maîtresse, j'étais morte. J'ai demandé à Boubouillasse :

– Tu n'as pas vu un papier qui traînait avec des conjugaisons dessus ?

Elle m'a répondu qu'elle s'en moquait complètement. J'ai soupiré. D'habitude, quand je perds quelque chose, je pleure, et maman cherche à ma place.

Mais là, ce n'était pas possible parce que j'avais fait sa signature sur le contrôle. Les espions imitent les signatures, non ? Mais, dans Fantômette, ce sont plutôt les méchants espions qui le font.

Le soir, j'ai repensé à mon contrôle. Ma sœur était très capable de me le cacher, rien que pour se venger du trou dans la moquette. Il fallait que je fouille sa chambre. J'ai mis mes gants de ski pour ne pas laisser d'empreintes, et j'ai attendu que Boubouillasse aille dans la salle de bains faire sa toilette. Elle en a toujours pour une heure.

Dans le noir et sur la pointe des pieds, je suis allée jusqu'à sa chambre. J'ai allumé ma lampe de poche. C'est un porte-clefs-lampe de poche, qui fait juste un minuscule rond de lumière. En plus, les gants de ski, ce n'est pas très pratique pour fouiller.

J'ai soulevé des classeurs, l'agenda de textes, la trousse.

Tout d'un coup, dans le deuxième tiroir du bureau, sous le cahier d'anglais, j'ai trouvé... le paquet de cigarettes. Vite, je l'ai pris. Vite, je suis ressortie. Vite, je l'ai caché sous mon oreiller. Hou, cette peur ! Je me suis mise à rire. Mais c'était nerveux.

Le lendemain, j'étais assez contente en revenant de l'école. Madame Maillard nous avait interrogés sur les dangers de la cigarette. J'avais eu 10. Mais ça ne me rendait pas mon contrôle de conjugaison.

Au salon, mon frère était dans le fauteuil, celui qui cache le trou. Il lisait Boule et Bill. J'ai tout de suite crié :

– Dis donc, ne te gêne pas ! C'est MA bande dessinée !

– Oui, a répondu Noël, et ça, c'est TON contrôle !

Il m'a montré une feuille de papier :

– C'était dans la bande dessinée... Pas terrible, ton imitation de signature.

Je l'ai regardé de travers. Il allait me dénoncer ou quoi ? Mais j'avais un moyen de le faire taire.

– Tu sais, moi, je peux dire à papa pour la fille qui était dans ta chambre…

On s'est dévisagés, Noël et moi.

– Tu sais comment ça s'appelle, ce que tu fais ? m'a demandé mon frère.

Dans le dernier épisode de Fantômette, il y avait le Masque d'argent qui faisait du chantage. J'ai senti que j'allais pleurer. J'ai secoué la tête, et j'ai bougonné :

– Je ne dis jamais rien.

Noël m'a tendu ma feuille en récitant pour se moquer :

– J'ai tombé, tu as tombé…

Une fois dans ma chambre, j'ai pris mon effaceur d'encre et j'ai enlevé la fausse signature. Puis j'ai repensé à ma sœur. Le paquet de cigarettes ! Mes cheveux se sont dressés sur ma tête. J'avais oublié le paquet sous mon oreiller. J'ai regardé mon lit. Ce matin, il était défait. Là, la couette était remise. J'ai passé ma main sous l'oreiller. Plus rien ! J'ai marmonné :

– Super...

Et je me suis assise sur mon lit, complètement découragée.

4
Noël à la rescousse !

Au dîner, maman a posé la cocotte sur la table, et elle m'a regardée. Là, j'ai compris que ça allait mal se passer.

– Dis-moi, Romarine, tu pourrais m'expliquer ce que ce paquet faisait sous ton oreiller ?

Elle avait l'air plus étonnée que fâchée.

– Des cigarettes ! s'est écrié papa.

Lui, il avait l'air plus fâché qu'étonné. Oh là

là, qu'est-ce que je fais ? Je dénonce ma sœur ? Un espion ne doit pas dire ce qu'il sait. Mais je n'avais pas trop envie d'être punie à la place de Boubouillasse.

– Mes cigarettes ! s'est exclamé Noël. Je les ai cherchées partout.

Il s'est tourné vers moi en clignant discrètement d'un œil.

– Je parie que tu voulais m'empêcher de fumer ? m'a-t-il demandé.

– Parce que tu fumes ! lui a dit papa, le ton pas content du tout.

Maman lui a fait remarquer que son fils avait dix-neuf ans.

– Mais bien sûr ! a dit papa, encore moins

content. Il a dix-neuf ans ! Il fait ce qu'il veut ! Architecte d'intérieur, fumeur ! Tu sais de quoi il est mort, ton oncle ? De deux paquets de cigarettes par jour ! Il avait commencé à quatorze ans.

Boubouillasse avait mis les deux mains sur sa figure. Je me suis demandé si elle pleurait ou si elle riait.

– Ne t'énerve pas, a dit Noël à papa. J'ai décidé d'arrêter de fumer.

J'ai entendu Boubouillasse qui reniflait derrière ses mains.

– C'est bien, a dit papa, un peu calmé. Mais, tu sais, ça n'est pas facile d'arrêter.

– J'y arriverai parce que je l'ai promis, a répondu Noël.

Et il a ajouté en détachant bien les mots :

– Je l'ai promis à ma copine.

– Parce que tu as une copine ! s'est exclamée maman.

– Mais c'est normal, s'est moqué papa. Il a dix-neuf ans !

Les parents se sont mis à poser plein de questions à Noël. Et qu'est-ce qu'elle fait, ta copine ? Et comment elle s'appelle ? Boubouillasse a pu s'essuyer discrètement les yeux sur sa serviette.

– Elle est architecte d'intérieur, a répondu Noël. Elle s'appelle Groupie Dupneu.

Papa a regardé maman, l'air complètement raplapla :

– Il est vraiment fou.

Boubouillasse est partie d'un drôle de rire. Et moi aussi, je me suis mise à rire. Et Noël, et maman. Et papa.

– Je vous la présenterai dimanche, a promis Noël aux parents.

Moi, je la connais déjà, na, na, na ! Mais je ne le dirai pas.

5
La fin d'un espion ?

Le dimanche, maman a voulu remettre les meubles du salon à leur place. Boubouillasse s'est affolée. Elle m'a dit à l'oreille :

– Si papa voit le trou de cigarette, il va criser !

Maman était déjà en train de pousser la télévision.

– Aidez-moi, les enfants ! Alizée, va chercher la chaise qui manque !

Puis elle est repartie à la cuisine préparer les amuse-gueule pour l'apéritif. Noël a soulevé le fauteuil. J'ai regardé le trou. Je ne me souvenais plus qu'il était aussi énorme.

– Attention, voilà maman, a murmuré Boubouillasse.

Elle a mis les pieds sur le trou. Maman a posé les petites saucisses et a regardé ma sœur :

– Va donc chercher la moutarde pour les saucisses.

Boubouillasse était en train de prendre racine. Alors, Noël a lancé :

– J'y vais !

– Et la chaise ? a demandé maman à ma sœur. Tu ne l'as pas rapportée ?

– Je ne l'ai pas trouvée ! a fait Boubouillasse de sa voix la plus geignarde.

– Mais quelle bûche, quand tu t'y mets ! a grommelé maman en s'éloignant dans le couloir.

Le problème, c'était que ma sœur n'allait pas pouvoir passer son dimanche les deux pieds sur le trou ! Noël est arrivé de la cuisine avec un petit bol de moutarde à la main.

–Pousse-toi, a-t-il dit à Boubouillasse.

Elle s'est poussée, et le trou est réapparu. Noël a pris une pleine cuillère de moutarde et il a vidé son contenu dans le trou de la moquette. Flic, flic. Puis il a recommencé avec une autre cuillerée. Flic, flic.

Boubouillasse et moi, on l'a laissé faire, épouvantées. Il a vidé tout le bol. Le massacre intégral. C'était tout marronnasse et gluant. Mais ça remplissait bien le trou.

Noël a hoché la tête comme s'il était embêté puis il s'est mis à crier :

– Maman ! Maman ! J'ai tombé !

Maman est arrivée, portant la chaise :

– Qu'est-ce que tu as fait… Oh, mon Dieu !

– Le mieux, a dit Noël, c'est de cacher la tache avec le fauteuil.

L'invitée est arrivée juste à la fin de notre deuxième déménagement. C'était bien la fille que j'avais vue dans la chambre de Noël. Super belle ! Elle nous a dit qu'elle s'appelait Arielle Monfort.

– C'est mieux que Groupie Dupneu, a remarqué papa avec un gros rire.

Arielle a eu l'air surprise. Je crois que Noël ne lui a pas donné de surnom idiot. Il est trop amoureux.

–J'espère que vous ne voulez pas être architecte d'intérieur ? a plaisanté papa, toujours avec son gros rire.

–J'espère bien le devenir. C'est le métier de mon père, a répondu Arielle.

Papa ne savait plus où se mettre. Pour finir, il s'est assis dans le fauteuil qui cache la tache qui cache le trou. J'ai pensé que c'était le bon moment pour lui faire signer mon contrôle.

J'ai couru jusqu'à ma chambre et j'ai rapporté ma feuille avec un stylo. Papa était en train de servir l'apéritif. Je lui ai mis mon contrôle sous le nez. Il a sursauté.

– Hein ? Une signature ? Ce n'est pas le moment, ma puce !

– Mais, après, je vais oublier...

Arielle m'a demandé en quelle classe j'étais, et si j'aimais l'école. Papa a regardé ma feuille et il a marmonné :

– « Nous avons allés. J'ai tombé ». Mais c'est n'importe quoi, ça...

Boubouillasse est venue à mon aide :

– Bon, tu signes, Papa, et tu nous passes les saucisses ?

Papa a signé, puis il m'a regardée, les sourcils froncés :

– Tu me revois ton passé composé, toi ! Tu regarderais un peu moins la télévision, Fantômette et Cie, tu aurais plus de temps pour les leçons !

– Oh, je les ai tous lus, les Fantômette ! s'est écriée Arielle. Je voulais lui ressembler. Pas toi ?

Elle me regardait. Tout le monde me regardait. Comme si c'était vraiment important. J'ai haussé les épaules, et j'ai répondu :

– Je suis quand même trop grande, maintenant.

Je me demande si je ne ferai pas architecte d'intérieur comme métier. Ça doit être très, très intéressant.

Les cent mensonges de Vincent

Mon copain bizarre

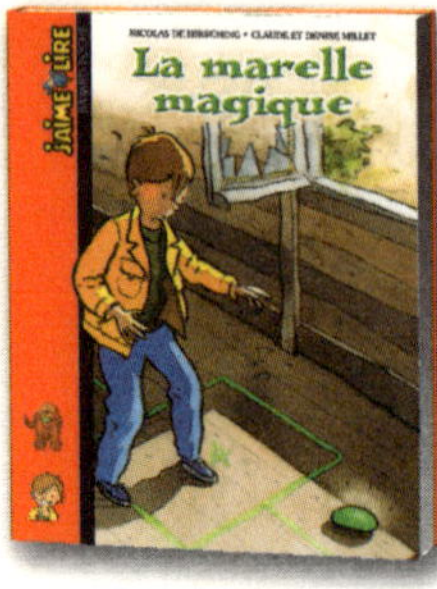
La marelle magique

Un martien dans le frigo

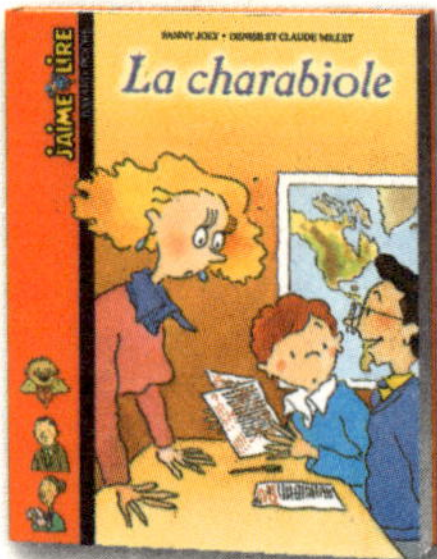
La charabiole

La maîtresse est amoureuse

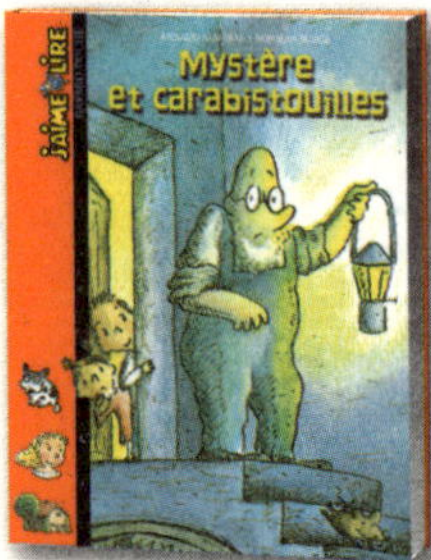
Mystère et carabistouilles

Victor, l'enfant sauvage

Un ami pour la vie

Princesse Zélina

Plonge-toi dans les aventures de Zélina,
la princesse espiègle du royaume de Noordévie.

Découvre les plans diaboliques de sa belle-mère qui voudrait l'écarter du trône… et fais la connaissance du beau prince Malik, un précieux allié pour Zélina.

Retrouve Zélina dans *Astrapi*, le grand rendez-vous des 7-11 ans

Tous les 15 jours chez ton marchand de journaux ou par abonnement.